# EL ATAQUE DEL HOMBRE MOSCA DE 15 METROS

# Tedd Arnold

Scholastic Inc.

Este, mi libro número 100, se lo dedico a
mi amada esposa, Carol, quien me inspiró
a elegir esta carrera desde el principio.

Originally published in English as *Attack of the 50-Foot Fly Guy*

Translated by Juan Pablo Lombana

Copyright © 2019 by Tedd Arnold
Translation copyright © 2020 by Scholastic Inc.

ISBN 978-1-338-67003-5

10 9 8 7 6 5 4 3 2 1          20 21 22 23 24

Printed in U.S.A. 40
First Spanish printing, 2020

Book design by Kirk Benshoff

Un niño tenía una mosca
de mascota. La mosca se
llamaba Hombre Mosca.
Hombre Mosca podía decir
el nombre del niño:

# Capítulo 1

Una vez, Hombre Mosca se despertó y vio que Buzz se había ido a la escuela. Papá y mamá estaban trabajando, así que Hombre Mosca salió a desayunar.

# Mordisqueó.

# Merendó.

# Engulló.

Hombre Mosca seguía con hambre. Olió algo interesante y se dejó guiar por el olfato.

Hombre Mosca halló un bote
de basura extraño. Sabía raro.

Hombre Mosca se sintió mal. Voló de vuelta a casa y se quedó dormido en la cama de Buzz.

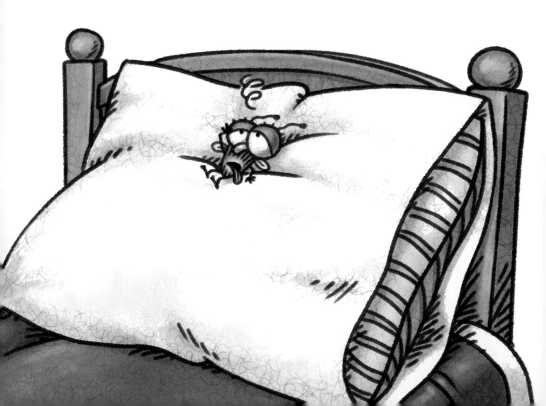

# Capítulo 2

Cuando Buzz regresó de la escuela, ¡su cama estaba entre dos árboles!

—¿Dónde está mi casa? —preguntó Buzz.

Buzz miró arriba. Hombre Mosca miró abajo.

—¡Hombre Mosca! —gritó
Buzz—. ¡Mi casa está encima
de ti!

—Tengo una idea genial
—dijo Buzz—. ¡Pon la casa en
el suelo y llévame a volar!

# ¡ÑAMZZ!

—Si tienes hambre —dijo
Buzz—, podemos ir a comer
a la casa.

# Capítulo 3

—Esto no está bien, Hombre Mosca —dijo Buzz—. Pensemos. ¿Qué hiciste hoy que te hiciera crecer tanto?

—Ah, ¿fuiste a comer?
—preguntó Buzz.

Buzz miró hacia abajo.
El camión de la basura y una
patrulla de policía los seguían.

—Quizás fue algo que comiste —dijo Buzz—. Llévame a donde fuiste a comer.

Hombre Mosca llevó a Buzz a donde había mordisqueado.

A donde había merendado.

A donde había engullido.

Ahora los seguían el camión
de la basura y más patrullas.
—¿Comiste en otra parte?
—preguntó Buzz.

Hombre Mosca voló hasta el extraño bote de basura. En ese momento, una científica sacaba la basura.

—¡Ay! —dijo la científica.
—¿Puedes sanar a Hombre
Mosca? —gritó Buzz.

—Por supuesto —dijo la
científica—. Baja y saca la
lengua. Quizás esto te sepa
un poco raro.

De pronto, llegaron el camión de la basura y las patrullas, seguidos de un helicóptero, tanques del ejército y aviones de guerra.

—¿Dónde está el monstruo de 15 metros? —preguntó el general del ejército.

—Aquí no hay ningún monstruo —dijo Buzz—. Solo mi mosca.

—Ah, ¡no le haríamos daño a una mosca! —dijo el general.

Así que todos se fueron a casa.

—¡Eso fue divertido, Hombre Mosca! —dijo Buzz—. ¿Ahora qué quieres hacer?